KB181865

한국 희곡 명작선 41

청춘, 간다

한국 희곡 명작선 41

청춘, 간다

최원종

평민사

최
원
종

청춘, 간다

제36회 서울 연극제 공식 참가작
대상 및 희곡상 외 6개 부문 수상

등장인물

대환 - 남, 35살
수아 - 여, 35살
인영 - 여고생, 18살
민규 - 교수, 47살
와인가게 주인 - 여, 50대

장소

대환과 수아의 집
종로의 한 와인가게
공원 벤치
인영의 집
민규의 오피스텔

공연 시작되면, 아이스 버킷 챌린지 영상이 나온다.
연예인과 유명 인사들의 아이스 버킷 챌린지.
그 뒤를 이어 일반인 릴레이에 참여하고 있는
인영과 민규의 영상의 차례로 나온다.

인영   이런 의미 있는 캠페인에 참여하게 되어 영광입니다. 몸과 마음에 상처를 받은 모든 분들이 이 캠페인을 통해 힘을 얻었으면 좋겠습니다. 제가 존경하는 시인 서인숙 선생님, 소설가 강민규 선생님, 최은경 선생님 뜻깊은 행사에 동참해 주실 거죠? (아이스 버킷을 뒤집어쓴다)

민규   이렇게 뜻깊은 일에 동참하게 되어 기쁩니다. 작은 정성이 모여 큰 힘이 될 것을 믿습니다. 루게릭병 뿐만 아니라 희귀병을 앓고 있는 모든 분들 힘내세요. 그럼 제가 온몸으로 시원하게 물을 맞도록 하겠습니다. (아이스 버킷을 뒤집어쓴다)

1. 대환과 수아의 집

늦은 아침, 대환과 수아는 아직 침대에 누워 있다.
그들은 아침에 함께 식사를 하자고 약속했지만

늦잠으로 약속을 지키지 못했다.

수아   일어날래?

대환   어제 내가 몇 시에 잤지?

수아   새벽 3시. 내가 너 책상에 엎드려 자는 거 깨워서 침대로
          데려왔잖아.

대환   기억이 안 나.

수아   컴퓨터 오락 좀 그만 해. 니가 지금 몇 살인데…….

대환   (계속 엎드려 있다) …… 집주인 아저씨가 전세금 올려 달래.

수아   (무시하고) 나 까스활명수 좀 갖다 줄래?

대환   왜, 또 배 아파?

수아   (고개를 끄덕인다)

대환이 침대에서 일어나
거실 싱크대 수납장에서 까스활명수 하나를 꺼내 온다.
수납장 안에는 까스활명수들이 한가득 채워져 있는 것이 보인다.
수아가 개구리처럼 입을 벌린다.

수아   먹여줘.

대환은 활명수의 뚜껑을 돌려 딴 다음,
수아의 입에 조금씩 부어 넣어준다.

수아	옆으로 흘렀잖아.
대환	흘렀어?

대환은 수아의 입가를 손으로 닦아주고,
다시 수아의 입에 조심스럽게 활명수를 부어준다.
하지만 자꾸 수아의 입 주위로 흘러 수아가 불평을 한다.

수아	또 흘렀어.

대환이 병에 남아있던 활명수를 자신의 입에 털어 넣어 버린다.

수아	그걸 왜 니가 다 먹어? (잠시) 우리, 헤어지자.
대환	뭐?
수아	이 집에서 쫓겨나면. 전세금 올려줄 돈 없잖아, 우리. 그냥 각자 딴 데로 이사 가자.

대환은 다시 침대에 엎어져 눕는다.
그리곤 한동안 꼼짝 않고 가만히 있다.

대환	내 엉덩이 좀 때려 볼래?
수아	왜?
대환	내 엉덩이 좀 세게 때려봐.

수아는 대환의 엉덩이를 철썩~ 때린다.

대환 더 세게 때려봐. 좀 더 힘껏 때려봐.

수아는 힘껏~ 대환의 엉덩이를 때린다.

대환 계속 때려. 내가 그만, 할 때까지, 계속!

수아 팔 아파.

대환 한 번만. 딱 한 번만.

수아 너 이러는 거 정말 싫어.

대환 (애처로운 눈빛) 한 번만 더 해줘, 딱, 한 번만!

수아가 대환의 엉덩이를 때린다.

때릴 때마다 대환의 엉덩이가 들썩이며 리듬을 탄다.

대환이 느닷없이 노래를 부른다.

대환 생일 축하합니다. 생일 축하합니다. 사랑하는 배수아, 생
        일 축하합니다.

수아 …….

대환 서른다섯 번째 생일, 미역국 못 끓여줘서 미안해.

수아 싱크대에 쌓인 설거지나 제때 좀 하셔. (잠시) 나 씻을게.

수아는 침대에서 일어나 화장실로 들어간다.

샤워기에서 물 쏟아지는 소리가 들린다.

대환이 침대에서 일어나 TV를 켠다.

TV에서는 프란치스코 교황의 광화문 시복 미사에 관한 뉴스가 나오고 있다.

대환 (욕실에 대고 크게) 오늘이 프란치스코 교황이 광화문에서 시복 미사 하는 날인가 봐.

수아 (욕실 안에서) 뭐라고?

대환 (욕실에 대고) 프란치스코 교황. (TV 보며 혼잣말) 광화문이면 세월호 유가족도 만나겠다. 교황이 세월호 유가족들에게 무슨 얘길 해줄까?

열심히 뉴스에 귀 기울이는 대환.

후쿠시마 원전에 관한 뉴스가 나오자 더 몰두해서 본다.

수아가 몸에 타월을 두르고 나온다.

수아 나 또 실패했어. 배는 이렇게 빵빵한데 왜 응아가 안 나오는 걸까.

대환 저거 봐. 도쿄전력이 또 방사능 오염수를 100톤이나 유출했대. 나쁜 새끼들. 우리나라엔 방사능 아파트까지 등장했다니까.

수아 그게 뭐?

대환 일본이 방사능을 유출하면 우리나라만 뿐만 아니라 전

세계의 바다가 오염되는 거야. 바다뿐이냐? 방사능 비 맞으면 식물도 기형으로 변하지, 땅도 죽지, 사람은 공기로, 먹을 걸로 계속 몸속에 방사능 축적되지, 인류가 함께 죽어가는 거라구. 에볼라 봐봐. 삽시간에 퍼지잖아. 이게 그냥 방관할 일이 아냐. 지구촌은 하나, 이제 더 이상 니 일 내 일이 없어. 어떡하냐?

수아   뭘 어떡해.

대환   일본이 방사능에 관한 모든 걸 통제하고 있다니까. 진실을 알려야지.

수아, 열을 올리고 있는 대환을 이해할 수 없다는 듯 쳐다보고는 다시 침대에 눕는다. 눈을 감는다.

수아   (약간 신경질적으로) 소리 좀 줄이면 안 돼?

대환은 움찔 놀라며 볼륨을 거의 들리지 않을 정도로 줄인다.

수아   너무 줄이지는 말고. 나도 뉴스 듣고 싶어.

대환은 조금 볼륨을 높이고 열심히 TV를 본다.
수아가 문득 대환에게 소리친다. 마치 자신에게 하는 다짐처럼.

수아   대환아, 난 널 믿어!

대환	…….
수아	넌 꼭 잘 될 거야. 아무도 널 인정해 주지 않지만, 난 널 인정하고 있으니까.
대환	…….
수아	TV <u>끄고</u> 옆으로 오면 안 돼?

대환이 TV를 끄고 일어나
침대에 누워있는 수아를 내려다본다.

대환	우리 나갈까?
수아	아니.
대환	우리…… 계획이라도 세울까, 스타벅스 커피 마시면서. 앞으로 우리가 뭘 하며 어떻게 살지…….

수아는 고개를 젓는다.

대환	전세금 너무 걱정하지 마. 내가 알아서 해결할게.
수아	…….

대환이 수아 옆에 엎드려 눕는다.

대환	내 엉덩이 좀 때려줄래?
수아	싫어.

대환	내 엉덩이 좀 때려봐, 한 번만.
수아	싫어.

대환은 다시 죽은 듯 엎드려 있다.

수아	오늘 밤 우리 응응 하는 거 맞지? 우리 응응 한 지 너무 오래됐다.
대환	응. 오늘 밤에 응응 해.
수아	정말로 응응 할 거지?

고개를 끄덕이는 대환.
하지만 대환은 힘이 없어 보인다.
힘을 내서 다시 고개를 힘껏 끄덕이는 대환.

수아	저번에도 너만 느끼고 끝났잖아. 새벽에 다시 해준다고 해놓곤, 안 해줬어.
대환	안 잔 거야, 새벽까지?
수아	우리 한 지 너무 오래됐다.
대환	저저번 주에 했는데.
수아	언제?
대환	저저번 주에 너 술 취해서 들어온 날.
수아	…… 기억 안 나.
대환	그날 했는데…….

수아	우리 처음 만났을 땐 하루에 네 번씩, 다섯 번씩 하고 그 랬는데. 난 내가 사랑하는 사람 만나면 평생 섹스하며 살 줄 알았다. 근데 이젠 하고 싶은 생각도 안 들고, 젖지 도 않고. 사랑하는 사람하고 사는데 왜 섹스를 하고 싶 지 않게 된 걸까?
대환	(귀를 막고 있다)
수아	(귀를 막고 있는 대환의 손을 내리며) 나 너 정말 사랑하는 거 알지?
대환	우리, 지금 할까.
수아	지금 하면 위험해. 다음 주에 하자.
대환	응.
수아	아, 근데 오늘 나 응아 할 수 있을까. 벌써 며칠째 안 나와.

대환이 수아의 볼록한 배를 바라본다.
개구리 같은 수아의 배를 손으로 마사지 해주는 대환.
수아는 멍하니 창밖을 바라본다.

대환	왜 응아가 안 나오는 걸까.
수아	어제 밤에 한숨도 못 잤어. 한 시간마다 오줌이 마려워 서 자꾸 깨는 거야. 뭘 마신 것도 없는데.
대환	배가 빵빵해서 그런가?
수아	배가 빵빵해서 오줌보를 누르나?
대환	…… 어떡하지?

수아	운동을 해야 하나?
대환	피트니스 등록하러 갈래? 너 오늘부터 운동 좀 해봐.
수아	같이 등록하자. 너 하면 나도 할게.
대환	일단 너 먼저 등록해.
수아	같이 해. 너도 배 나왔잖아.
대환	먼저 해. 난 동네 뛰어다니면 되지 뭐.
수아	나 통장에 돈 있어. 추석 때 엄마가 백만 원 줬어.
대환	(갑자기 화가 치밀어) 너 먼저 하면 금방 나도 시작한다니까.
수아	(더욱 화를 내며) 너 안 하면 나도 안 해.
대환	(우울해져서) 너 먼저 하면 정말 나 할게. 다음 달에 나, 과외비 받는단 말야.
수아	옛날엔 해외여행도 두 달 세 달 훌쩍 떠나곤 했는데. 이게 뭐니, 고작 피트니스 한 달 등록하는 것 가지고.
대환	잘못했어.
수아	너 전세금, 부모님한테 또 손 벌리면 그땐 끝이야.
대환	그러고 싶어도 옛날 부모님이 아냐, 이젠…… (더욱 우울해져서) 부모님도 늙으셨어.

두 사람은 침대에 누워 천정을 바라본다.

창 바깥으로 야채와 생선 트럭의 확성기 소리들.

대환	뭔가 이상한 기분이 들어. 자꾸 이상한 생각이 들어.
수아	뭐가?

대환　일본은 서서히 사라져가는 걸까? 십년 후에는 아주 많은 것들이 변할 거야 그치? 우리는 일본 문화를 십년씩 따라간다는데, 그런 우리나라도 영향을 받겠다 그치. 미국이 시리아 공격하면 3차대전 날 텐데, 그래도 시리아는 항복 안 할 거야…… 세계가 방사능으로 덮이고 에볼라 바이러스가 지구촌을 떠돌고, 3차 대전이 일어나고 억울한 일들이 진실도 규명되지 않은 채 묻히면…… 세상은 천천히 죽어가는 거야. 전쟁이 일어나고 핵이 터지고, 그러면 이런 작은 나라는 흔적도 없이 사라지겠지? 이 침대도, 우리가 살고 있는 이 집도, 그리고 우리 인생도.

수아　넌 왜 그런 거에 관심이 많은 거야?

대환　어? 아니…… 방사능도 걱정되고, 프란치스코 교황도 오신다고 하니까.

수아　오늘은 내 생일이잖아.

수아의 핸드폰에서 문자알림 벨소리가 울린다.

대환　문자 왔나봐. 생일축하 문잔가 보다. (문자를 확인하며) 소미 씨가 보냈네, 생일 축하한다고. 대림이랑 같이 보냈나 본데? 야~ 두 사람 금방 헤어질 줄 알았는데…… 우리가 소개시켜주길 잘한 거 같아. 그치.

수아의 핸드폰에서 또 다시 문자알림 벨소리가 들린다.

대환   어, 문자 또 왔다. (확인하더니) 학교사람인 거 같은데? (휴대
      폰을 건네며) 확인해봐.

수아가 문자를 확인한다.

대환   누구야? 누가 또 축하메시지를 보냈대?
수아   교수님 생신이라고 회비 내래.
대환   …… 그래? 꼭 내래?
수아   안 내면 교수님이 자기 핸드폰에서 내 번호 삭제시킬지
      도 몰라.
대환   얼만데, 회비가? 내가 내줄까?
수아   30만 원.

그때 수아의 휴대폰 벨소리가 울려 퍼진다.
끈질기게 울리는 벨소리.
갑자기 수아가 벌떡 일어나서
휴대폰을 이불로 똘똘 말기 시작한다.
휴대폰의 벨소리가 희미해져 잘 들리지 않을 때까지,
이불을 말고, 또 말고, 또 만다.

대환   숨 막히겠다, 휴대폰.
수아   우리, 나가자.

집에서 그들을 내쫓는 휴대폰 벨소리.

2. 종로의 한 와인 가게

와인가게로 들어오는 대환.
주인이 장부를 정리하다가 손님을 맞는다.

주인　　어서 오세요.

대환　　안녕하세요. (인사하며 진열된 와인을 보는)

주인　　(대환을 따라가며) 찾으시는 와인 있으세요?

대환　　그런 건 아니구요…… 선물할 건데요.

주인　　누구한테 선물 하시는 건데요?

대환　　교수님이요

주인　　아. 대학교?

대환　　대학원이요

주인　　실례지만, 무슨 과인지 여쭤 봐도 될지…….

대환　　국문과요.

주인　　아~ 글 쓰시는구나. 멋있다. 저도 책 좋아하는데.

대환　　예…… 와인 좋은 거 뭐 있나요?

주인　　좋은 거 너무 많죠. 혹시 좋아하는 작가 분 있으세요?

대환	아니 그냥 뭐……
주인	교수님 생신? 아니면 출판기념회?
대환	생신이세요.
주인	아~ 생신…… 어디보자. 생신 선물로 좋은 거 찾으시니까…… 이게 좋겠다. '샤또 마고 12'라고 소설가 황석영 씨가 러브했던 와인이에요
대환	황석영 선생님이요!?
주인	작가 황석영 씨가 전 대통령과 중앙아시아로 순방 떠날 때 땄던 와인인데 프랑스 5대 와인 중에 하나로 전 세계 리미티드 한정판으로 나왔는데, 특별히 우리 가게에서 세일해드려요.
대환	얼만데요?
주인	60만 원에 드리고 있어요
대환	60만 원이요? 왜 이렇게 비싸요?
주인	비싼 거 아닌데…… 아주 파격가로 드리는 거예요. 어디 가도 이 가격에 힘들걸요.
대환	그래도 좀……
주인	이게 great Vintage 라서 그래요.
대환	great Vintage요?
주인	네. 와인이라는 게 적절한 시기에 적정량의 강우량과 일조량, 좋은 떼루와(땅), 좋은 포도 품종, 훌륭한 제조자와 그에 맞는 탁월한 제조 방법, 그리고 와인별 보관기간 등 이 모든 것들이 맞는 빈티지에 가장 훌륭한 와인

이 생산되는 거거든요. (병을 보여주며) 코르크 마개와 상태 확인하시고…… 와인 고르실 때 한 가지 팁을 드리자면, 여기 병의 밑둥을 보시면 움푹 들어간 홈이 있잖아요. 여기가 움푹 들어간 걸 고르시면 실패할 확률이 적어요. (병 밑바닥을 보여주며) 만져보세요. (대환이 밑바닥 움푹 팬 곳을 손으로 만져본다) 파졌죠?

대환   아 그렇구나.

수아   (들어온다) 골랐어?

대환   그냥 10만 원 선에서 와인 하나 골라주실래요?

수아   너무 비싼 거 아냐?

대환   회비가 30만 원이면 10만 원짜리 선물은 해야지.

주인   10만 원 선으로 골라드릴까요?

대환   네.

수아   회비 안 내도 될까?

대환   목요일날 이거 들고 교수님 찾아갈 건데 뭐.

주인   (두 병짜리 와인 세트를 골라) 이거 한번 보세요. '마스카롱 세트'라고 해서 마스카롱 메독이랑 퓌이스갱 생테밀리옹이 함께 든 건데요…….

수아   아뇨. 한 병짜리로 주세요.

주인   아, 한 병……. (세트를 넣고 다시 고르는)

대환   (수아한테) 교수님한테 밥 사달라고 해.

수아   내가 밥 사야지.

대환   와인 들고 가는데 밥 사달라고 해, 맛있는 걸로.

수아	내가 전화 걸어서 식사 대접하고 싶다고, 언제 찾아가면 되냐고 물어볼 텐데.
대환	그래도 교수님이 이거 보고 밥 사주지 않을까.
수아	아니. 교수님은, 비싼 것 좀 사줘라, 요즘 찌개만 먹었더니 질렸다, 그러실걸.
주인	(와인을 하나 골라들고) 밥 사주실 겁니다.
대환	…….
주인	이거 한번 보세요.
대환	이게 뭐예요?
주인	샤또 뚜아르보예요
대환	따르보요?
주인	뚜아르보.
대환	따르보.
주인	네. 딸보.
대환	아 딸보.
주인	왜 강용팔 씨라고 이거 따서 뉴스에 크게 나왔었잖아요.
대환	이게 강용팔 씨가 딴 거예요?
주인	교수님들이라면 이거 이름 모르는 사람 없을걸요.
수아	강용팔이 누구더라?
대환	저번 대통령 선거 때 정치자금의 핵심인물.
수아	그럼 교수님도 이 와인 이름 알겠네?
주인	모르는 사람 없을걸요. 교수님들이라면 다 알아요. 어디 강용팔 씨만 이걸 땄나요? 경제계로 가보면, K건설 모

회장님도 사우디에 건물 올릴 때마다 이걸 땄다잖아요. 예술계로 가보면, 돌아가신 고 앙드레 김복남 선생님도 이집트에 패션쇼 떠나실 때마다 이 와인을 땄다고 그러더라구요. 스포츠계로 가볼까요? 2002 월드컵 하면 떠오르는 히딩크 감독님도 이 와인을 좋아한다고 해서 유명했잖아요.

대환 와~ 그래요?

주인 이게 대한항공 퍼스트클래스에서도 제공되는 그런 와인이에요.

수아 아…….

대환 발렌타인은요?

주인 발렌타인이요? 그건 양주예요.

대환 와인 아니에요?

주인 양주예요. 독주. 요즘은 양주 선물 잘 안 해요.

대환 어? 그거 와인 맞는데!

주인 (대환을 어이없다는 듯 바라보며) 그건 양주예요. 아주 독한 거. 독주. 우린 양주 취급 안 하거든요.

수아 이걸로 할까?

대환 (주인에게) 이거 이름이 샤또……?

주인 딸보. 샤또 딸보.

대환 다른 좋은 건 없어요?

주인 이게 좋은 거예요. 프랑스 와인 중에 5대 샤또를 최고로 치는데, 그런 건 빈티지에 따라 수백만 원 하는 것도 있거든요. 근데 이건 5대 샤또보다 가격은 훨씬 저렴하면서 맛이랑 향은 그것들 못지않게 great 하거든요.

수아   (대환에게) 이걸로 할래. (진열되어 있는 딸보 와인들을 보며) 그런데 여기 2009년하고 2010년 숫자가 써있는데 어떻게 다른 거예요?

주인   2009년은 9만9천 원이구, 2010년은 10만9천 원인데, 똑같아요.

대환   똑같은데 왜 가격이 달라요?

주인   똑같아요. 나온 년도만 다른 거지. 맛도 똑같고. 2010년에 탱크를 갈았다고 하는데 별 차이 없어요. 전문가들도 구별 잘 못해요. 똑같으니까.

대환   (수아에게) 2010년 걸로 하자 탱크도 갈았다잖아.

수아   잠깐만. 만 원을 더 쓰느냐 하는 건데…… 어떡할까.

대환   만 원 더 쓰지 뭐. 어차피 회비 안 내고 선물 사는 거니까.

주인   맛은 똑같으니까. 9만9천 원짜리로 하세요. 전문가들도 구별 못 해요. 교수님이라면 더 모르실 거예요.

수아   근데 2009라고 써있으면 알지 않을까요?

주인   신경 안 쓰셔도 돼요. 샤또 딸보라는 라벨 하나면 충분합니다.

수아   9만9천 원짜리로 주세요.

수아는 지갑에서 신용카드를 꺼내 주인에게 건네준다.

주인	일시불로 하시겠어요?
수아	3개월로 해주세요.

그때 와인가게 밖으로 호루라기 소리와 호위용 오토바이 소리들이 들린다.

대환	저기 봐! 저기 여고생들.
수아	여고생들이 왜?
대환	한꺼번에 교문에서 나오니까 뭔가 전쟁의 전조처럼 보이지 않냐?
수아	참 나. (주인한테) 왜 아까부터 바깥에 전경들이 쫙 깔린 거예요? 교황 때문에 그런 건가요?
주인	(포장하며) 노란 천막 때문에 그래요.
수아	노란 천막이요?
주인	교황이 온다고 하니까 저쪽에 노란 천막이 늘었거든요. 사람들이 좀 모였다 싶으면 전경이 깔리잖아요. 내일 교황이 이쪽 길로 지나간다고 하던데.
대환	아, 교황이 이쪽으로 지나가는구나.
주인	전경들 깔린 거 보면 이쪽 길 맞아요. 내일은 아침부터 복작복작 하겠어요. 그쵸?

대환은 쇼윈도 밖을 내다보고 있다.
주인이 카운터 밑에서 와인잔 세트를 꺼내 수아에게 보여준다.

주인 이건 사은품이에요. 추석 사은품으로 나온 와인잔인데, 크고 괜찮더라구요. 고급스러워 보이죠? 원래 10만 원 이상 사야 드리는 건데, 10만 원에서 천원 모자란 9만9천원이니까 잇츠 마이 서비스.

수아 감사합니다. (와인잔을 바라보며) 와아~ 크다.

대환이 수아의 감탄사에 뒤돌아 와인잔을 본다.

대환 와아~ 정말 와인잔이 크네요!

주인 와인잔이 크죠?

대환 와인잔이 정말 커요. (수아한테) 우리도 와인 한 병 사서 여기에 따라 마실래?

주인 보르도 걸로 한 병 드셔보세요. 와인잔이 커서 맛과 향을 풍부하게 느끼실 거예요.

대환 (주인한테 와인잔을 들어 보이며) 이거 시중에서 사려면 얼마나 해요?

주인 3만 원은 줘야 할걸요.

대환 3만 원 벌었다. 우리 3만 원 벌었는데 와인 한 병 더 사자.

주인 샤또 아가든은 2만 원인데, 보여드릴까요?

수아 …… 아뇨.

대환 (대답 없는 수아의 기분을 살피며) 우리가 마실 거니까 만 원짜리로 살까?

주인 샤또 퐁타나는 세일해서 만 원대예요.

대환	와인 한 병 더 사자.
수아	다음에.
주인	만 원 이하의 샴페인도 있는데 오늘 한번 터트려 보시죠.
수아	다음에 살게요.
대환	…….

밖에서 호루라기 소리 들린다.

대환과 주인이 동시에 쇼윈도 밖을 바라본다.

3. 편의점

편의점에서 산 삼각김밥을 손에 들고 있는 두 사람.

대환은 돈까스 삼각김밥을,

수아는 전주비빔밥 삼각김밥을 들고 있다.

그 두 사람 사이엔 예쁘게 선물 포장된 와인이 놓여 있다.

수아가 삼각김밥 포장을 뜯다가 잘 안 되는지,

대환에게 넘겨준다.

대환	저번에도 가르쳐 줬잖아. 잘 봐봐. 1번을 쭉 뜯고, 여기 2번이라고 써져 있잖아.

수아 됐어. 거기까지만 뜯어. 그냥 먹을래.

대환 2번까지만 뜯으면 여기 봐봐, 비닐 포장지가 밥 안에 있기 때문에 나중에 먹기 불편해. 이렇게 3번을 마저 당겨서 뜯고, 이렇게 받쳐서 먹으면 돼.

삼각김밥을 먹는 두 사람.
두 연인의 얼굴 위로 도시의 노을빛이 흘러내린다.
노을빛에 온전히 스며들어가 앉아있는 두 사람.

수아 돈가스 맛있어?

대환 먹을 만해.

수아 싱겁지?

대환 괜찮아.

수아 이거 한 입 먹어. 싱겁지 않게.

대환 (별말 없이 한 입 베어 물고는) 맵네.

대환이 가방에서 메모지를 꺼내 수아에게 보여준다.

수아 뭐야?

대환 (종이를 보여주며) 이걸 와인병에 붙이는 거야.

수아 (읽는) 여기까지 마셨다면, 그동안 연락 못 드린 저를 용서하세요…… 여기까지 마셨다면, 교수님보다 돈을 더 좋아해서 회비를 안 낸 저를 잊어주세요…….

대환　　교수님들은 와인 선물 많이 받으시잖아. 이렇게 붙이면 특별한 선물도 되고 우리 마음도 잘 전달할 수 있고.

수아　　오~! 최대환 천재.

대환　　(뿌듯해 한다)

삼각김밥을 먹는 두 사람.

대환　　어제, 블로그에 175명 들어왔다.

수아　　좋아?

대환　　그럼. 내가 글 써서 175명이 읽은 건 처음이야. 175명. 지금까지 그런 적 없었는데.

수아　　이번에 또 무슨 블로그 만든 건데?

대환　　이번엔 불치병에 걸린 공상소녀 블로근데…… 이 여자 앤 내년 7월에 죽어. 꼭 1년만 살다 죽는 거지. 죽기 전에 블로그로 자신의 남은 인생을 기록하는 거야. 블로그는 그 애의 유서 같은 거지. 이 애가 죽으면, 부모님이 여자애의 블로그에 들어오게 되고 그 애가 쓴 글들에 하나씩 댓글을 달아가는 거야. 그러면서 딸애를 마음속에서 영영 떠나보내는 거지. 블로그 마지막엔 그 애의 영정 사진을 올려놓을 거야. 딱 1주일 동안. 그리곤 블로그 폐쇄. 사람들이 쪽지로, 힘내세요, 꼭 살아남으세요, 꼭 살아남아야 해요…… (혼자 웃고는) 그런 쪽지를 나한테 꼬박꼬박 보내는데, 벌써 100통도 넘어.

수아 여자애 영정 사진은 어떡할 건데?

대환 너 대학교 신입생 때 찍은 사진 있잖아, 그걸로 하려고.

수아 싫어.

대환 딱 1주일이면 돼. 1주일 올려놓고 폐쇄할 거니까.

수아 너 그러다 쪽지 보낸 사람들한테 칼 맞아. 나중에 그 사람들이 진실을 알아봐. 불치병에 걸린 공상소녀가 35살의 남자 무직자였다! 암튼 내 사진은 안 돼.

대환 알았어.

수아 …… 내일 뭐 할 거야?

대환 돈 벌어야지. 돈 벌 거야. 열심히 돈 벌 거야. 전세금도 내야하고.

수아 어떻게?

대환 과외 가르치러 가야지.

수아 …… (한숨 쉬다 불쑥) 예뻐?

대환 어? 아 보통.

수아 글 잘 써?

대환 글 잘 써.

수아 보여줘 봐.

대환이 주머니에서 A4용지 몇 장을 꺼내 수아에게 건네준다.

수아는 A4용지에 적힌 글의 앞부분만 조금 읽다가 지겨운지 대환에게 되돌려 준다.

대환	다 읽었어?
수아	읽기 싫어.
대환	잃어봐. 잘 썼어.
수아	잘 쓴 것 같아. 근데 내일 걔 만나면 불필요한 문장들 다 빼고 알맹이만 쓰라고 해.
대환	그래도 내용은 재밌는데.
수아	무슨 내용인데?
대환	듣고 싶어?
수아	듣기 싫어.

앞쪽 도로에서 앰뷸런스 소리 들려온다.

대환	와, 앰뷸런스에 탄 사람은 생각도 안 하나. 앰뷸런스 지나가면 차들이 쫙 비켜줘야 하는 거 아냐. 저 안에 있는 사람은 얼마나 답답할까
수아	그 애 금방 등단하겠다. 글 잘 쓰는 것 같던데.
대환	과외 하는 게 부담스러워. 그 애가 너무 똑똑해.
수아	똑똑해 봤자 고등학생이지.
대환	고등학생 같지가 않아. 그 애한테 흔들려. 무시당할지도 몰라.
수아	그래도 고등학생은 고등학생이야.
대환	…… 뭐라도 먹으러 갈까? 삼겹살이나 감자탕 어때?
수아	변비약 좀 사올래, 약국에서?

대환	그러게 피트니스 끊으라니까.
수아	돌코락스.
대환	알았어.

대환이 벤치에서 일어나 나간다.
수아는 대환이 놓고 간, 여고생이 쓴 글을 읽다가 다시 내려놓는다.

수아	에이씨, 되게 잘 쓰네.

수아 짐들을 챙겨 나간다.
수아와 대환의 집.

수아가 집에서 원고를 펼쳐놓고 일을 하고 있다.
전화 벨소리.

수아	(전화 받으며) 아, 네 사장님…… 윤색 거의 끝나가요. 내일 까지 드릴 수 있을 것 같아요. 네. 네 알겠습니다. 들어가 세요. (전화를 끊으려다가) 참, 사장님…… 원고료는 언제쯤 받을 수 있을까요? 아 네…… 알겠습니다.

전화를 끊자마자 다시 울리는 전화벨 소리.
수아가 발신번호를 확인하고는 휴대폰을 이불 속에 넣어버린다.

*

민규의 오피스텔이다.

민규가 욕조에서 반신욕을 하며 노트에 수상소감을 적고 있다.
써놓은 수상소감을 읽어보는 민규.

민규 저는 80년대 민주화투쟁의 선봉에 섰던 사람입니다. 최루탄 가스로 얼룩진 도시와 학교가 오늘의 저를 만들었다고 해도 과언이 아닐 겁니다. 어둠이 내려앉은 강당에서, 가시지 않은 최루액에 눈을 비비며 읽었던 수많은 책들과 선후배 동지들과 나누었던 이야기들이 아직도 어제 일처럼 생생하게 기억납니다. 그것은 꿈도 아니고 거짓도 아닌 진실이고 생존이었으니까요. 잠시 총성이 멈춘 전쟁터처럼 고요했던 밤, 최루탄 대신 기타를 손에 들고 노래를 부르던 한 선배가 떠오르는군요. 아직도 그날 들었던 노래가 잊혀지지 않습니다. 그 선배는 그 노래를 부르던 밤을 마지막으로 영원히 우리 곁을 떠났습니다. 그리고 저는 소설가가 되었습니다.

배따라기의 '은지' 노래를 부르는 민규.

4. 대환과 수아의 집

대환이 식탁에 앉아 집주인 아저씨와 통화중이다.

대환   네. 아, 네. 그럼요. 올려 드려야죠. 조금 시간을 주시면 안 될까요? 네? 그때요? 아, 그때요, 바쁜 일이 있어서…… 저희가 좀 바쁘거든요. 네, 많이 바빠요. 정말 바빠요……앞으로 전화 잘 받을게요. 아, 그리고, 전세금 문제는 제 전화로만 해주시겠어요? 네. 여자 친구가 요즘 너무 바빠서 정신이 없거든요. 네. 정신이 없어요. 정말 많이 정신이 없거든요…….

수아는 이불을 뒤집어쓰고 침대에 누워 있다.
대환의 얼굴이 우울하다.
이내 결심한 듯 와인잔과 와인 선물상자를 뜯는 대환.
그리고는 대환이 침대로 가서 수아를 깨운다.

대환   일어나봐.
수아   …….
대환   방금 집주인 아저씨한테 전화 왔는데…… (활짝 웃으며) 전세금 안 올리시겠대.
수아   정말이야?

대환	학생들이 무슨 돈이 있겠냐며…… 공부나 열심히 하라고 하시네. 아저씬, 아직도 우리가 학생으로 보이나봐.
수아	너 또 거짓말하는 거 아냐?
대환	참나, 이런 걸 어떻게 거짓말 하나? 이런 거 거짓말했다간 큰일나요, 큰일.
수아	너 진짜지?
대환	그리고 나 너한테 또 할 말 있다.
수아	뭔데?
대환	아까 창훈이하고 통화했는데, 저번에 내가 배우고 싶어 했던 거 있잖아, 그거 다시 한다네. 귀여니라고 그 인터넷 소설가 있잖아, 문화센터에서 강의하고 그러는 사람 아니거든. 같이 배우자고 창훈이한테 전화왔었어. 나 그거 꼭 배우고 싶어. 이번엔 꼭 배우려고.
수아	…….
대환	이번 달까지 마감이라니까, 내일이라도 준비해 보려고.
수아	정말 배울 거야?
대환	너도 알잖아. 내가 그거 얼마나 배우고 싶어했는지. 좋은 기회인 거 같아.
수아	배고파.
대환	일어나봐. 우리 술 한잔하자.

수아가 대환의 부축을 받으며 침대에서 일어난다.

수아는 식탁에 올려져 있는 커다란 와인잔과 샤또 딸보 와인을 본다.

수아　이걸 땄어? 나한테 물어보지도 않고?

대환　이거 내가 산 걸로 하고, 내일 다시 사 줄게.

수아　너 지금 나이가 몇인 줄 알아?

대환　?

수아　니가 지금 나이가 몇인데 이런 짓을 하는 거야?

대환　무슨 말이야?

수아　니가 지금 몇 살인데, 친구가 이거 배우자고 하면 이거 배우고, 저거 배우자고 하면 저거 배우고. 니가 지금 배우러 다닐 나이야?

대환　…….

수아　너 35살이야. 뭘 하더라도 한 가지를 해야지. 이거 배운다고 했다가 그만두고 저거 배우고, 저거 배운다고 했다가 다시 이거 배우고. 그래서 3년 동안 니가 한 게 뭔데? 돈을 제대로 벌기나 했어? 니가 하고 싶다는 공부나 제대로 했어? 우리가 결혼을 하기나 했어?

대환　그만해.

수아　너 아무것도 한 게 없어. 3년 동안 아무것도 한 게 없어. 내가 너 배우는 거 말리기라도 했니? 내가 배울 때는 배우는 거에만 집중하라고 했잖아. 근데 니가 이젠 그만 배우고 돈 벌겠다며. 그래놓곤 후회만 하고. 돈 그만 벌고 배우고 싶다는 말, 입에 달고 살았잖아, 3년 내내. 근데 뭘 또 배우겠다는 거야, 지금! 니가 아직도 뭐 배우러 다니는 20대인 줄 알아?

대환 안 배우면 될 거 아냐. 그만해. 안 배울게. 됐지? 그럼 됐지?

수아 아직도 부모님한테 돈이나 타 쓰고, 너 꺾어지는 30대야!

대환 안 배운다니까!

수아 내가 친구한테 전화 받을 때마다 얼마나 열 받는지 알아? 니가 소개시켜준 대림이라는 애, 내 친구랑 잘 안 될 거라며. 근데 걔네들 맨날 좋아 죽겠다더라. 내 친구가 니 친구를 얼마나 자랑하는 줄 알아? 니가 소개시켜준 니 친구는 정말 대단한 사람이 될 거래. 너, 니 친구 연봉이 얼마인 줄이나 알아?

대환 대림이, 걔 별거 없어. 니 친구가 만난 지 3주밖에 안 돼서, 눈에 콩깍지가 아직 안 벗겨진 모양인데…… 내가 봤을 때, 내가 대림이 봤을 때, 걔 별거 없어.

수아 넌 니 친구 하나 제대로 알지도 못하니? 내 친구가 걔가 좋아 죽겠단다. 걔는 앞으로 유명한 게임프로그래머가 될 거라고 그랬어.

대환 니 친구가 내 친구를 알면 얼마큼 아는데? 난 대림이하고 고등학교 때부터 친구야. 걔 알고 지낸 지 18년이 넘어. 나 대학생 돼서 배낭 메고 세계여행 떠날 때, 캐나다로 어학연수 떠날 때, 걘 재수학원 앞에 있는 포장마차에서 떡볶이 사먹다가 울던 애야. 근데 고작 3주 사귄 니 친구가 나보다 걔 능력을 더 잘 안다는 거야?

수아 내 친구는 자기가 돈을 벌어서라도 니 친구 뒷바라지 해주겠다는 각오로 사귀고 있대. 눈에 콩깍지가 끼어서 그런지는 모르지만, 그래도 내 친구는 정말 기뻐하고 자랑스러워하고 있다구. 그 애들은 돈을 벌려고 노력하고 있어, 정말로 노력하고 있어.

대환 알았어. 그만해. 알았다구. 그러니까 지금 니 말은 내가 못났다는 거잖아. 내가 10년 동안 연애도 못해본 니 친구한테 내 친구를 소개시켜줬는데, 내 친구가 더 잘났다는 얘기를 들으니까 니가 밸이 꼬여서 그런 거잖아, 지금! 그래, 나 못났어! 난 18년 동안 알고 지냈던 내 친구보다 못났어. 이제 됐어? 나 내 손으로 돈 한번 안 벌어보고, 부모님한테 돈만 타 쓰면서 살아와서 너한테 정말 미안하다. 10년 동안 연애도 못해본 니 친구한테 나보다 능력 있는 친구 소개시켜줘서 정말 미안하다, 정말, 미안하다. 정말로 내가 너한테 사과할게.

수아 그러니까 왜 와인을 땄어? 나한테 한마디 물어보지도 않고.

대환 널 기쁘게 해주려고 그랬어. 집에 와서 잠만 자는 널 깨우려고 그랬어. 재밌게 해주고 싶어서 그랬어. 오늘은 니 생일이잖아.

수아 …… (눈물이 떨어진다) 미안해.

대환 내가 잘못했어. 다신 안 그럴게.

수아	…… 나 사랑해?
대환	(끄덕끄덕)
수아	이런 날 오래도록 사랑할 거지?
대환	(끄덕끄덕)
수아	이제 와인 따도 돼.
대환	안 딸래.
수아	나 화낸다.

대환이 와인 뚜껑을 따서 와인잔에 술을 가득 따른다.
마시지 못하고 와인잔만 바라보는 두 사람.

수아	(갑자기) 아. 아. 아.
대환	왜, 왜 그래?
수아	신호가 왔어. 나, 응아가 나오려고 해.
대환	정말?
수아	신호가 왔어.

수아가 화장실로 뛰어 들어간다.

대환	내가 물 내려줄까.
수아	아니. 냄새 날 거야.
대환	내가 물 내려줄게, 옆에 있다가.
수아	싫어.

대환	알았어.
수아	내가 응아 많이 나오면, 물 내려달라고 부를게.
대환	알았어.

TV를 켜는 대환. 북핵 뉴스가 흘러나온다.
소리를 줄이는 대환.

수아	대환아, 아까 뉴스에서 봤는데…… 안전불감증도 문제지만, 불안민감증도 문제래. 국민들은 차분하게 생업에 종사하라고 뉴스에서 그러더라.

계속해서 TV를 바라보는 대환.
갑자기 수아가 소리친다.

수아	난 널 믿어. 넌 꼭 잘 될 거야. 넌 꼭 돈도 많이 벌 거야. 아무도 널 인정해 주지 않지만, 나만은 널 인정하고 있으니까.

대환이 싱크대 수납장으로 걸어가서 까스활명수를 꺼내 마신다.
조금씩 홀짝홀짝…….

5. 여고생 인영의 집

대환이 여고생 인영에게 글쓰기(소설) 과외를 하고 있다.
인영이 쓴 글을 평가하고 있는 대환.
인영은 작은 귤을 입에 물고는 노트북으로 열심히 대환의 말을 받아 적으며 작품을 쓰고 있다.

대환 자, 봐. 아빠가 바람핀다고 생각했는데 알고 봤더니 스팸 문자였다, 그런 거지? 근데 좀 반전이 약한 것 같은데. 스팸 문자가 아니라 실제로 아빠의 애인한테서 문자가 오고 그 문자를 통해서 아빠의 외로움 같은 걸 딸이 이해하게 되는 거지. 그러면 여고생 딸의 성장도 보이고 어른의 세계에 한 발 더 내딛는 모습도 보여주고.

인영 (입에 물고 있던 귤을 손으로 만지작거리며) 어른의 세계요?

대환 입시엔 그런 게 점수를 좀 많이 받거든. 그런 걸 통과의례라고 해. 알 속에 있다가 딱딱한 껍질을 깨고 나오는 거지. 알을 깨기 위해선 아픔이 필요한데, 그 아픔을 통해서 사람은 성장하는 거야. 이걸 성장통이라고 해.

인영 아, 성장통, 통과의례. 선생님 이거 보세요.

인영이 손에 들고 있던 귤을 교복 안쪽 가슴에 넣더니
두 손으로 가슴에 있는 귤을 그러모으고 끙끙대며 품기 시작한다.

교복 안에서 품은 귤을 알을 까듯 꺼내 대환에게 건네는 인영.

인영　(귤을 들고) 이런 게 성장통이죠? 통과의례. (귤을 건네는) 드
　　　세요, 제 성장통.

둘은 인영의 체온으로 덥혀진 귤을 까먹는다.

대환　귤이 데워졌네.
인영　제 몸에 있다가 나와서 그런가 봐요.
대환　…… 귤 맛있는데.
인영　귤 냄새 좋죠?
대환　음. 귤 냄새 좋은데.
인영　선생님 저 정말 궁금한 게 있는데요, 물어봐도 돼요?
대환　응. 물어봐.
인영　혹시…… 여학생들도 남자 선생님 생각하면서 자위행위
　　　하는 거 아세요?
대환　켁켁.
인영　아세요?
대환　…… 그런가?
인영　당연하죠. 남학생들도 여자선생님 생각하면서 하니까,
　　　당연하죠. 선생님도 고등학생이었을 때 여자선생님 생
　　　각하면서 자위해본 적 있어요?
대환　…….

인영   얘기해 줘요. 전 알고 싶어요.

대환   그게 왜 알고 싶은데?

인영   소설 쓰는데 중요한 자료란 말이에요.

대환   그래? …… 있는 것 같은데.

인영   진짜루 있는 거예요, 아님 없다는 거예요?

대환   있어.

인영   와아~

대환   이제 수업하자.

인영   선생님, 선생님은 과외하면서 학생 중에 점찍어둔 여학
       생 없어요?

대환   점찍어 두다니?

인영   그 애의 가슴을 상상하거나 교복 치마 밑의 팬티를 들여
       다보는 상상.

대환   …….

인영   (웃으며) 저 오늘 왜 이러죠?

대환   오늘은 수업 그만해야겠다. 숙제 내줄게.

인영   저 숙제 같은 거 싫어요. 그냥 수업할래요.

대환   오늘은 이만 하자.

인영   선생님 왜 그러세요? 수업 시작한 지 30분밖에 안 됐잖
       아요. 신춘문예가 코앞이란 말이에요. 코 앞. 코 앞.

       인영이 갑자기 울기 시작한다.

       대환이 당황하며 인영을 달랜다.

대환	그래 인영아…… 선생님이 미안하다…… 다시 수업하자…… 인영아…….
인영	저 잘 할 수 있을까요?
대환	그그 럼. 인영인 잘 해. 내가 만난 애들 중에 가장 훌륭해.
인영	(울음을 뚝 그치고) 저두 알아요. 저 훌륭해요.
대환	장난 그만 쳐.
인영	제가 또 뭘 잘할 것 같아요?
대환	뭐?
인영	제가 또 뭘 잘할 것 같냐구요.
대환	…… 또 뭘 잘하는데?
인영	남자하고 자는 거요. 남자하고 많이 자봤거든요. 저하고 잘래요?

여고생 인영의 배 속에서 꾸르르르~하고 큰 소리가 난다.
대환이 갑자기 웃음을 터트린다.

대환	생쥐가 배고프다고 우는 소리 같네. 배고프지? 뭐 좀 먹으러 나가자.
인영	생쥐 아니네요. 뱀이에요. 뱀이 기어 다니는 소리예요.
대환	뱀?
인영	네. 전 제 배 안에 뱀 키우거든요.
대환	(어색하게 웃으며) 그럼 아까 그 소리는 뱀이 생쥐 잡아먹는 소리였겠네.

인영   그런가 봐요.

인영이 대환의 입술에 키스한다.
당황하는 대환. 하지만 키스를 받아들인다.

인영   나는 내가 하고 싶어 하는 것을 도와주는 사람이 주위에 없어요. 내가 뭔가를 하고 싶어 할 때, 그것을 지지해주고, 믿어주고 격려해주는 사람이 없어요. 엄마, 아빠 내가 머리가 나쁜 아이라고 그러고…… 그래서 나는 뭐가 되어야 할지 모르게 되어 버렸어요. 난 내 꿈을 믿어주고, 날 지지해주는 사람을 늘 만나고 싶었어요. 그게 선생님이에요.

대환   …… 인영아, 넌 꿈이 뭐니? 대학 가면 뭘 제일 하고 싶어?

인영   꿈 같은 거 중요하지 않아요. 무슨 꿈을 가지고 있느냐가 중요한 게 아니라…… 글 쓰는 사람이 그걸 모르세요? 저는요 내 꿈을 지지해주는 사람을 만나는 게 내 꿈이에요!

대환   지지해주는 사람?

인영   네. 지지해주는 사람.

대환   그럼 내가 도와줄게. 어떻게 지지해주면 되니, 너의 꿈을?

인영   매달 예쁜 옷 하나씩 사주시면 되요.

대환   그럼 네 부모님한테 받는 과외비, 너한테 줄게.

인영   왜요?

대환	그냥 순수한 도움.
인영	거래가 아니구요?
대환	세상을 거래로만 사니?
인영	그럼 분명히 거래가 아니고 도움이에요. 나한테 뭔가 바라기 없기에요. 난 나를 순수하게 도와주는 사람하고는 절대 잠을 자지 않거든요.

여고생 인영이 갑자기 깔깔거리며 웃는다.
대환이 인영의 입술에 키스한다.
인영의 등과 허리, 엉덩이를 손으로 쓰다듬는다.
대환이 여고생 인영을 눕힌다.

인영	잠깐만요.

인영이 책상 서랍에서 콘돔을 꺼내와 대환에게 건네준다.

인영	저 오늘 위험한 날이거든요. 나중에 임신이 돼서, 임신중절 흔적이라도 남으면, 의사직업을 가진 남자와는 결혼할 수 없게 되니까. 꼭 해주세요. 부탁드립니다, 선생님~
대환	어? 어. 불 끌까?
인영	선생님 옷 벗는 거 보고 싶어요.
대환	옷 벗는 거?
인영	네.

대환	불 끄면 옷 벗을게.
인영	그럼 보이지 않잖아요.
대환	그럼, 잠깐 뒤돌아서 있을래?
인영	선생님, 그냥 불 끄세요. 선생님, 난요, 이미 생물학적으로 준비가 되어있답니다. 그러니까 어색해하지 마세요.

대환이 방안의 불을 끈다.

인영	선생님, 선생님을 제 입에 넣어주세요.
대환	…….
인영	괜찮아요. 어떤 느낌인지 알고 싶어서 그래요.

섹스할 때의 여러 소리들.
잠시 후
둘은 섹스를 끝마쳤다.

인영	(인영은 노트북을 키고 글을 쓰기 시작한다) 너무 크게 소리 나지 않았어요?
대환	뭐가?
인영	그거 삼킬 때요. 내 입 속에 있던 거, 선생님 거요. 소리 나지 않게 삼키려고 했는데 목으로 넘어가는 소리가 그만 너무 크게 나버려서, 저 정말 부끄러웠어요.
대환	아.

인영   선생님이 내 것이 아니라서 슬퍼요. 이런 게 통과의례겠
        죠?…… 성장통.

        노트북으로 '갈매기의 꿈' 노래를 트는 인영.

인영   이 노래 좋죠…… 제가 좋아하는 노래예요. 선생님은 세
        상에서 제일 싫은 게 뭐예요?
대환   세상에서 제일 싫은 거?
인영   네.
대환   …… 나.
인영   에이 무슨 대답이 그래요.
대환   넌 세상에서 제일 싫은 게 뭐니?
인영   도서실 칸막이. 칸막이 너머로 계집애들이 숨죽이며 조
        잘조잘 거리잖아요. 난 그 목소리가 정말 싫어요. 그럴
        때마다 늘 생각해요. 이렇게 살긴 정말 싫다. …… 선생
        님, 갈매기 조나단 리빙스턴 아시죠. 가장 높이 나는 새
        가 가장 멀리 볼 수 있다. 난 그런 갈매기가 되고 싶어요.
        나 그런 갈매기 될 수 있을까요?
대환   …… 어. 넌 그런 갈매기가 될 수 있어. 꼭 될 거야.
인영   끼룩끼룩끼룩끼룩 끼룩끼룩끼룩끼룩 (날갯짓을 하며 이러저
        리 날아다니다가 대환 품에 날아와 안긴다) 저 갈매기 같아요?
대환   응. 갈매기 같아.
인영   항상 제 옆에 있어주실 거죠. 저하고 함께 날아주실 거죠.

대환	응. 함께 날아줄게.
인영	과외비도 저 주실 거죠.
대환	응 과외비도 너 주고.
인영	(웃음) …… 돈으로 누군가를 도와줄 수 있다는 건 어른 같아요.
대환	내가 어른으로 보이니?
인영	(대환의 얼굴을 빤히 들여다보는) 어른 같기도 하고…… 아닌 것 같기도 하고.
대환	돈이면 뭐든지 살 수 있다고 생각해?
인영	글쎄요. 아마도. 난 얼마짜리 같아요? 난 나를 아주 비싼 값에 팔 거예요.
대환	널 비싼 값에 살 수 있는 사람이 곧 나타날 거야.
인영	근데 고민이에요.
대환	뭐가?
인영	나 사실, 벗겨놓으면 별루거든요. 몸매도 그렇고, 가슴도 작죠, 무엇보다 (속삭이듯) * * 해요.
대환	뭐라고?
인영	(속삭이며) 키가 작아요.
대환	그건 내가 도와줄 수가 없는 거네.
인영	근데 괜찮아요, 내 최대의 힘이 있으니까.
대환	그게 뭔데, 너의 최대의 힘?
인영	거짓말이요. 저는 거짓말로 세상을 헤쳐 나갈 거예요.
대환	…….

인영 선생님, 저 요즘 새로 쓰는 소설 있는데, 들어 보실래요?

대환 그래. 한번 해봐.

인영 지하철에 코인로커 있잖아요. 인영이는 거기에 종종 자기 물건을 넣어두곤 해요. 여기서 인영이는 내가 아니라 소설 속의 인영이에요. 헷갈리시면 안 돼요. 알았죠?

대환 알았어, 인영아.

인영 근데요 꼭 하나는 아무것도 넣지 않고, 그냥 투입구에 동전을 넣고 열쇠로 잠가놔요. 그리고 나중에 그걸 열 때 뭔가 그 안에 있을 것 같은 기대를 갖고 열어보는 거죠. 근데 매번 열어볼 때마다 아무것도 없는 거예요. 인영인 그 텅 빈 코인로커 안을 바라보면서, 이 텅 빈 공간은 내 마음 속이다, 그렇게 생각하게 돼요. 인영이 마음은 이렇게 텅 비어 있는 거구나, 인영이의 마음은 이렇게 아무것도 채워져 있지 않은 거구나, 인영이는 자기가 어떤 종류의 마음을 품고 사는지 알지 못하는 거구나. 그러니까, 선생님도 나 믿으면 안 돼요. 내 마음이라는 건 어쩌면 없는 건지도 모르니까. 아무런 마음이 없다는 것이 내 마음인지도 몰라요.

6. 민규의 오피스텔

수아가 회전침대 위에서 안절부절하고 있다.
침대 위에는 민규의 양복 상의와 바지,
그리고 빨간 넥타이가 가지런히 놓여 있다.
민규의 샤워하는 소리가
수아가 앉아 있는 침대까지 선명하게 들려온다.
와인 선물을 가슴에 꼭 쥐고 있는 수아.

민규　(목소리) 옷 갈아입어.

수아　…….

민규　(목소리) 왜 대답을 안 해?

수아　네.

민규　(목소리) 가고 싶으면 가도 돼. 그거 잊지 마라, 너한테도 두 다리가 있다는 거. 가고 싶으면 언제라도 가도 돼.

수아　가지 않아요.

민규　(목소리) 침대 옆에 편한 옷 있다. 그걸로 갈아입어. 내가 입는 건데 잘 맞는 것 같더라, 애들도. 난 내 집에 온 제자들이 학생 때처럼 청바지 입고 있는 거 싫다.

수아　…… 네.

민규　(목소리) 아참. 아까 술자리에서 물어본다는 게…… 수아는 세상에서 제일 싫은 게 뭐야?

수아	…….
민규	(목소리) (샤워기를 잠시 멈추고) 내 목소리 안 들려?
수아	잘 들려요.
민규	(목소리) (다시 샤워기를 켜고) 그럼 묻는 말에 대답을 해야지. 난 혼잣말 하는 거 싫다, 학교에서 하루 종일 혼자 떠드는데…… 집에 와서까지 그래야겠니?
수아	아뇨.
민규	(목소리) 수아는 세상에서 제일 싫은 게 뭐야?
수아	…… 저요.
민규	(목소리) 응? 방금 뭐라 그랬어?
수아	저요 저. 저 자신이요.
민규	(목소리) 아 그랬었구나. 그랬었어. 그래 보이더라, 너. 학교 다닐 때도 그랬고.
수아	교수님은요?
민규	(목소리) 응?
수아	교수님은 세상에서 뭐가 제일 싫으시냐구요.
민규	(목소리) 나 말이야? 난, 세상을 재미없게 사는 년놈들이 제일 싫어.
수아	저처럼요?
민규	(목소리) 응. 너처럼. 너 같은 애들이 제일 싫어, 세상에서.
수아	…….
민규	(목소리) 근데, 너 같은 애들 보면 재밌게 해주고 싶더라. 아, 세상이 이토록 재밌구나~ 아, 세상이 이렇게 재미있

을 수도 있구나~ 그런 거 가르쳐주고 싶어.

수아 (손에 쥐고 있던 와인선물을 내려다보며) 이 와인…… 어디나 놓을까요 교수님.

민규 (목소리) (화내는) 너 회비도 안 냈다고 조교가 그러더라. 요즘 사는 게 힘드니?

수아 아뇨.

민규 (목소리) 아니면 됐고.

수아 왜요? 돈 벌게 해주시려구요?

민규 (목소리) 너한테 강의 한자리 주려고 그러지.

수아 …… 주세요, 저 애들 가르치고 싶어요.

민규 (목소리) 너 그것밖에 못할 것 같지?

수아 네?

민규 (목소리) 강단에 서서 애들 가르치는 것밖에 못 할 것 같지? 학교 나가서 세상 겪어보니까, 그게 제일 만만하지?

수아 …….

민규 (목소리) 세상이란 게 만만치가 않아요. 애들 가르치는 게 제일 쉬워. 근데 어려운 게 뭔지 알아?

수아 뭔데요?

민규 (목소리) 교수되는 거야, 교수.

민규가 샤워실에서 나온다.

그는 잠옷을 입고 있는데, 잠옷이 아동용 잠옷 같다.

그의 머리는 물로 흠뻑 젖어 있다.

수아	교수님, 와인 여기다 둘게요. 이 와인 드시고 좋은 글 많이 쓰세요. 교수님 이번에 나온 책 엄청 좋더라구요. 특히 소설의 첫 문장이 '살아있고 싶다'로 시작하는 게 마음에 와 닿았어요. 요즘 제가 그렇거든요. 저도 그런 글 쓰고 싶은데…… 쓸 수 있을까요? 늦지 않았겠죠?
민규	한 달 전에 경란이가 30년 된 홍삼 사들고 왔더라.
수아	경란이요?
민규	그, 내 조교했던 애. 너하고 동기였지, 아마. 나보고 오래오래 살라고 하더라.
수아	경란이…… 어떻게 지내요?
민규	강의하고 있어.
수아	네에.
민규	걔도 사는 게 심란한 것 같더라. 걘 완전 19세기에 살아.
수아	19세기요?
민규	걘 섹스를 19세기처럼 하더라구.
수아	(민규의 말을 어떻게 받아들여야 할지 몰라 당황하다가, 밝게 웃으며) 교수님 지금 농담하시는 거죠?
민규	(수아를 빤히 쳐다보다가 무표정으로) 그래 농담이야.
수아	(애써 웃는다)
민규	서 있지 말고 좀 앉아라.
수아	네……. (마지못해 침대에 살짝 걸터앉는다)
민규	내가 비밀 하나 알려줄까?
수아	비밀이요?

민규   그래. 재밌는 비밀.

수아   무슨 비밀인데요?

민규   듣고 싶니?

수아   네.

민규   별 건 아니고. 나 말이야, 사실은 지금까지 섹스를 너무 많이 한 것 같아서, 그래서 앞으로 1년은 섹스를 하지 않고 지내려고 해. 그러니까 너, 마음 편히 가지라고.

수아가 긴장한 채 어쩔 줄 몰라 한다.

그런 수아를 아랑곳 않고 책상 앞에 앉아 글을 쓰는 민규.

그러다가 민규가 갑자기 책상 옆에 놓인 기타를 들고 '은지' 노래를 부르기 시작한다.

멀찍이서 민규의 모습을 바라보던 수아가 애써 밝게 말을 한다.

수아   저 대학 처음 들어왔을 때요. 오리엔테이션에서 교수님이 이 노래 부르셨잖아요. 그때 교수님 정말 멋지셨어요.

민규   (노래를 멈추고) 예전에 어떤 여자를 정말 좋아했던 적이 있었는데…… (수아를 쳐다보며) 듣고 싶니?

수아   …… 네.

민규   아무튼 무척 좋아했었거든. 그때 내가 좀 돈이 없었을 때라서. 그래서 그 사람 차 타고 여행을 떠났었어. 밤에 바닷가를 거닐고 있는데 그 여자가 날 덮치는 거야. 내가 계획했던 대로 된 거지. 근데 그때 너무 배가 아픈 거야. 배가 아파서 금방이라도 똥이 줄줄 나올 것 같더라구. 그래서 나도 모르게 그 여자한테 마구 소리치고 화냈어.

수아　어떻게 됐어요, 두 분?

민규　차 타고 집에 데려다 줄 때까지 온갖 인상을 구기고 있었지. 하숙집 도착해서 똥 누고 나니까, 막 눈물이 나더라. (책상의자에 앉아 글을 쓴다) 똥이 꼭 겁먹은 토끼 똥처럼 똑 하나 떨어지더라고. 바보같이, 그런 똥 때문에 왜 그 돈 많은 여자를 놓쳤을까. 내 인생을 그렇게 팔려니, 몸이 거부를 한 거겠지. 나도 옛날엔 그런 구석이 있었다.

수아　아, 네.

민규　그 이후에 다시 한 번 기회가 찾아왔어…… 듣고 있니?

수아　네?…… 아. 네.

민규　너 손 펴봐. 듣고 싶지 않으면 (손으로 귀를 막아 보이며) 귀를 막아도 돼.

수아　아니에요.

민규　한번은 내 인생에서 정말로 괜찮은 아줌마를 만났었거든. 엄마 같았다고나 할까. 나한테 정말 잘해줬다. 나 교수도 시켜주고 차도 사주고…… 근데 마음에 안 드는 점이 딱 한 군데 있더라. 아침마다 휘발유를 마시는 거야. 휘발유. 너 니 머리로 이해할 수 있겠니?

수아　…… 아뇨.

민규　내가 왜 그걸 마셔요, 자동차에 넣는 걸? 그렇게 물었더니 그 아줌씨가 뭐라 그랬는줄 아냐? 자긴 그걸 마셔야 상위 10% 안에 든 것 같다는 거야. 상위 텐프로 안에.

아무튼 스테미너 하나는 굉장한 아줌씨였어. 그래서 그 아줌씨한테서 도망쳤다. 자꾸 보고 있으면 그 여자가 마시는 휘발유에 확 불붙일 것 같더라구.

수아 교수님 소설 쓰시는 거죠?

민규 너 여자의 무서운 점이 뭔지 넌 알고 있니?

수아 무서운 점이요?

민규 그래. 무서운 점, 너도 여자니까.

수아 교수님 소설 쓰는데 필요하신 거예요?

민규 그래.

수아 모르겠는데요.

민규 마음을 안 주는 거야.

수아 마음이요?

민규 그래 마음. 몸은 주는데. 내가 만난 여자들 중에는 대대로 놀고먹어도 될 만큼 유산을 미리 받은 여자애들도 있었고, 미국에서 다섯 손가락 안에 드는 로스쿨의 학생도 있었어. 정치인도 있었고, 국제변호사도 있었고, 미국 공인회계사도 있었는데, 내가 그 여자들하고 만날 수 있는 방법은 딱 한 가지밖에 없더라. 오로지 한 가지밖에 없어. 연애밖에 없지. 섹스. 내가 무슨 수로 그런 높은 데 있는 여자들을 만날 수 있겠니. 근데 그런 애들은 끔찍하게 무섭다. 내가 아무리 사랑한다고 하고 매달려도 결

정적인 순간에 부모 평계를 대더라고. 결혼 얘기는 농담으로도 먼저 꺼내지 않는 여자애들이야. 아, 무서워. 아, 무서워. 그런 여자애들은 정말 끔찍하게 무서워.

수아 교수님 소설은 항상 재미있었어요…… 저 이만 가 볼게요.

민규 수아야. 넌 내가 무섭지 않니?

수아 왜 그런 질문을 하세요?

민규 그냥. 난 교수잖아. 내가 널 교수로는 못 만들어줘도, 니가 교수되는 건 막을 수 있거든. 내가 교수잖아.

수아 절 어떻게 막으시게요?

민규 내 휴대폰에서 니 번호를 삭제시킬 거다.

수아 …….

민규 나 모르는 번호 안 받는 거 알지?

수아 저요, 교수 안 되도 되니까, 절 막진 말아주세요.

민규 너 교수 되는데 얼마 들어가는지 아니? 최소 3억이야. 내가 너한테 3억 꿔줄 수 있어. 너 교수 되면 정말로 뭐가 좋은지 알아? 몸값이 비싸진다는 거다. 너 동화책 번역하는 거 있지? 그거 50만 원 받지? 교수되면 500만 원은 기본으로 받는다. 신뢰거든. 세상은 신뢰로 이루어져 있거든. 너도 날 신뢰해줬으면 좋겠다.

수아 내일 모레 결혼날짜 잡으신 분이 왜 이러세요?

민규 넌 그 여자 부모님이 어떤 사람인지 모르지? 내 미래를 위해서 그분들이 필요할 뿐이야. 희경이는 비싼 걸 살

때 끼워주는 사은품 같은 거지.

수아　(사이) 교수님…… 저 교수님 존경해요. 글도 너무 좋아하고요…… 하지만 돈으로 뭐든 살 수 있는 건 아니잖아요.

민규　난 그런 거에 관심 없어. 난 그저 돈이 많을 뿐이야.

수아　토할 것 같아요.

민규　그럼 바닥에 토해. 여기에 쓰러져 버려. 그래서 속이 편해진다면.

수아　…….

민규　나랑 같이 자. 나 정말 잘 하거든.

수아　전 남자친구가 있어요.

민규　남자친구가 너하고만 자는 것 같애?

수아　왜 그러세요 교수님.

민규　니 남자친구 과외 한다고 했지? 그럼 벌써 그 고삐리 애들이랑 수십 번은 더 떡을 쳤을걸.

　　　수아가 오스피텔을 나가려고 한다.

민규　수아야. 내가 널 교수로는 못 만들어줘도, 니가 교수되는 건 막을 수 있다는 거 잊지는 마라. 지금 니가 어떻게 보이는지 알아, 내 눈에?! 내가 한때 좋아했던 여자가 지금 내게 어떻게 보이는지 알아? 정말 못생겨 보여. 아, 정말 못생겼다! (벌떡 일어나 수아 앞으로) 너 정말 못생겼어! 얼굴에 떡칠 한다고 못생긴 얼굴이 어디 가니? 어디 가냐? 이 못생긴 년아! 이 못생긴 년아! 이 더럽게 못생긴 년아!

수아 한두 걸음 뒷걸음치다가 침대에 걸려 쓰러지듯 앉는다.

민규   (무릎 꿇으며) 수아야, 너 나한테 정말 멋진 섹스 한번 해줄 수 없겠니? 다른 남자들은 평생 받아볼 수 없는 아주 멋진 섹스 말이다. 나한테 그런 섹스를 해줄 수 없어? 딱 한번! 한 번이면 돼! 딱 한 번! 그럼 나 너 교수 시켜 줄 수 있다…… 3억 그냥 쏟아 부을 수 있어. 너한테 다 해줄 수 있어. 그러니까 너두 나한테 내가 노력한 만큼 멋진 섹스 해줄 수 없겠니? 내가 바라는 거 딱 한번이면 돼. 딱 한번. 수아야, 우리 같이 알몸이 되자. 우리 둘만 있을 때는, 우리 알몸이 되자. 알몸이 되자. 수아야 너 나 죽이고 싶지?

수아   아니요. (고개를 저으며 거부한다)

민규   죽이고 싶으면 죽여. 내 목을 졸라. 어서. 내 목을 졸라.

수아가 민규의 목을 조른다.

민규   세게. 더 세게. 내 눈이 튀어 나올 정도로. 난 너하고 지옥에 있고 싶다. 지옥에 있고 싶어. 수아야 우리 지옥에

	서 살자. 우리 함께 지옥으로 가는 거야. 수아야. 수아야.
수아	(목 조른 손을 풀며) 죄송해요 교수님. 죄송해요…….

수아 울며 도망치듯 나간다.
수아가 나가자 민규 벌떡 일어나 책상 앞에 앉는다. 뭔가 영감이
떠올랐는지 빠른 속도로 글을 써내려가는 민규. 그러다가 옆에 놓
인 와인잔을 집어 드는데 잔이 비어있다. 옆에 놓인 병들을 확인해
보지만 빈 병들 뿐이다.
수아가 선물한 와인을 열어보는 민규.
와인에는 수아가 적은 글들이 붙어 있다.

민규	여기까지 마셨다면, 그동안 연락 못 드린 저를 용서하
	세요.
	여기까지 마셨다면, 교수님보다 돈을 더 좋아해서 회비
	를 안 낸 저를 잊어주세요.
	여기까지 마셨다면, 비싼 선물보다는 마음의 선물이 중
	요하다고 생각하는 저를 기억해주세요
	그리고 여기까지 마셨다면, 늘 인생을 못 살아서 훌륭한
	제자가 못 된 수아를 용서하세요.
	그리고 와인을 다 드셨다면, 취하는 건 교수님 혼자~

와인을 따지 않고 케이스 안에 집어 던져버리는 민규.
의자에 앉아 다시 빠른 속도로 글을 쓰기 시작한다.

잠시 후,
오피스텔 문 밖에서 누군가 노크하는 소리가 들려온다.
수아가 들어온다.

수아   교수님…… 저 교수 시켜주세요. 저 교수 되고 싶어요.

암전.

인영이 신춘문예에 당선돼 수상소감을 하고 있다.

인영   최연소 수상자라는 타이틀은 영광과 부담감을 동시에 선사하는 것 같습니다. 이 부담감을 채찍질 삼아 사람들에게 위안이 되고 희망이 되는 글을 쓰겠습니다. 사람들의 마음을 어루만지는 글은 무엇일까 곰곰이 생각해 봤습니다. 세상에 눈감지 않는 것, 사람에게 마음을 닫지 않는 것. 그렇게 먼저 손 내미는 것이 소통의 시작 아닐까요? 자신의 꿈을 펼치기도 전에 차가운 바다 속에서 세상과 이별한 제 또래 친구들을 잊지 않고, 마음의 상처를 입은 사람들을 위해, 세상의 약자와 가난한 사람들 편에 서는 작가가 되겠습니다.

7. 대환과 수아의 집

대환은 텅 빈 원룸 바닥에 혼자 누워 있다.
휴대폰으로 어딘가 전화를 거는 대환.
그러나 전화는 연결되지 않고, 음성사서함으로 넘어간다.
컴퓨터 책상에 앉아 인터넷 뱅킹을 하는 대환.
휴대폰으로 다시 전화를 걸고, 음성사서함에 목소리를 남긴다.

대환   인영아, 이번 달 돈 부친다. 이번 달엔 어떤 예쁜 옷을 살
거니? 니가 예쁜 옷 입은 거 보고 싶다. 입금된 거 확인
하면 선생님한테 전화 좀 줄래? 기다리고 있을게.

전화를 끊는 대환.
책상 서랍에서 인영이 과외하면서 썼던 글을 읽기 시작한다.
대환은 글을 읽으며 혼자서 자위를 한다.
뒤에서 현관문을 열고 들어오는 수아. 몹시 지쳐 보인다.
대환이 혼자서 자위를 하는 걸 보고 충격을 받는다.
그런데 대환은 뒤돌아보지 않고, 계속한다.
대환이 읽고 있던 인영의 글을 낚아채 버리는 수아.

수아   너 이렇게 해결했니? 나한테 허락도 안 받고.
대환   …… 이런 것까지 너한테 허락받아야 돼?

수아   이건 내 문제니까. 나 너한테 할 말이 있었는데, 오늘 해
        야겠어.

대환   하지 마. 지금은 듣고 싶지 않아.

수아   난 지금 해야겠어. 성적인 문제니까.

대환   오늘은 그럴 기분 아니야.

수아   그럴 기분 아니라구? 그럼 지금 니가 하는 건 뭔데?

대환   피곤해. 다음에 얘기하자.

수아   너, 남녀 사이에 성 문제가 얼마나 중요한지 알고 있어?

대환   알아. 이혼사유도 되잖아. 뭐 우린 결혼도 하지 않았지만.

수아   언제부터야, 혼자 하기 시작한 게 언제부터야?

대환   너도 하면 되잖아. 내가 도와줄까.

수아   언제부터야? 말해!

대환   나도 몰라.

수아   언제부터야. 난 알아야겠어.

대환   나도 몰라. 혼자 하는 게 더 편해.

수아   그럼 왜 우리가 같이 사는 건데?

대환   넌 왜 이렇게 늦게 오는 거야?

수아   니가 사랑을 안 해주니까 늦게 오는 거야. 니가 사랑을
        해주지 않으니까 난 불만이야.

대환   하고 싶지 않아, 그런 얘기.

수아   난 지금 해야겠어.

대환   그냥 나 자신이 컨트롤이 안 되서. 마음을 안정시키려고.
        너하고는 상관없는 거야.

수아	그게 왜 나하고 상관이 없는 거야.
대환	니가 알아도 상관없고.
수아	나한테 시위하는 거야, 지금? 너 왜 이렇게 사니? 제대로 일하는 것도 없고, 과외도 안 하고, 돈도 안 벌고. 니가 그렇게 하고 싶은 돈 좀 벌어봐.
대환	내 인생은 시시하니까. 정말 시시하니까. 정말 시시해져 버렸어.
수아	시시하면 그렇지 않게 해야지.
대환	시시한 채 내 젊음이 끝나버릴 거야. 벌써 서른다섯 살이야. 아무것도 해놓은 게 없어.
수아	니가 이러니까 나까지 시시한 인생이 돼 버리잖아.
대환	강의 그만둬.
수아	무슨 뜻이야?
대환	그 교수 그만 만나라고.
수아	…… 무슨 말이야, 그게?
대환	예전에 니가 했던 말 기억 안나? 그 교수는 제자를 교수로 키워주지는 않지만 교수가 못 되게 막을 수는 있는 사람이라고. 그런 교수가 너한테 강의를 주는 건 뭔가 있는 거 아냐?
수아	아무것도 없어. 그때 네가 만들어준 와인 때문에, 스티커를 붙인 그 와인에 감동 받아서, 나한테 기회를 준 거야.
대환	정말이야?
수아	응.

대환 진짜로⋯⋯?

수아 그래.

대환 ⋯⋯ 세상이 그렇게 단순하면 좋겠다.

수아와 대환 서로를 바라본다.

수아를 바라보는 대환의 눈빛에 처연함이 서려있다.

수아의 눈에 눈물이 고인다.

수아 ⋯⋯ 두려워서 그랬어. 아무것도 되지 못할까봐, 아무것
도 얻지 못할까봐. 너처럼 나도 서른다섯이니까. 나도 더
이상 젊지 않으니까. 이렇게 아무것도 되지 못하고 젊음
이 끝날까봐⋯⋯ 그래서 그랬어. 견딜 수 없게 내 자신
이 시시하게 느껴져서, 이대로는 도저히 끝낼 수가 없어
서,⋯⋯ 그래서 그랬어.

대환 ⋯⋯.

수아 이제 됐어? (운다) 이게 니가 듣고 싶었던 말이야?

대환 헤어져.

수아 알았어. 헤어질게. 근데 넌 왜 이렇게 사는 거야? 아무것
도 하지 않으면서. 밖에 나가지도 않고 왜 이렇게 니 인
생을 방치하고 있는 거야?

대환 내 인생은 실패했으니까. 내 인생은 실패했어⋯⋯ 서른
살 됐을 때 이제부턴 실패하지 말아야지⋯⋯ 매일 마음
속으로 다짐했어. 잘 살아보자, 잘 살아보자. 무슨 주문

처럼 외우고 다녔는데. 이렇게 돼버…… 렸어. 내 인생은 실패했어. 정말이야. 진심이야. 내 인생은 실패했어. 내 인생은 너무 시시해져 버렸어. 이젠 되돌이킬 수도 없어. 이젠 젊지도 않고, 내 마음과는 다르게…… 너무 멀리 와 버렸어. 돌아가고 싶어도 돌아갈 수가 없어.

수아   과외를 그만둔 것도 그 이유뿐이야?

대환   (수아를 쳐다본다)

수아   과외 관둔 지가 언젠데, 왜 매일 잠도 못 자고, 그 고삐리 가 쓴 글을 읽고 있는 거야?

대환   그 애, 이번에 신춘문예에 당선이 됐어. 최연소 수상자라 고 신문에서 막 떠들어대고 있어.

수아   (대환을 쳐다본다)

대환   미안해. 그 애하고 잤어.

수아   …….

대환   미안해. 그 애가 자꾸 생각나서…… 견딜 수가 없어. 아 무리 머릿속에서 지우려고 해도…… 지워지지가 않아. 참을 수가 없어. 그 애만이 날 구원해줄 수 있을 것 같아. 그 애만이 날 위로해 줄 수 있을 것 같아.

수아   …… 전화해 봤어? 전화기 줘봐, 내가 연락해 줄게.

대환   안 받아. 안 받아. 내 전화를 안 받아. 난 이렇게 시시한 인생을 살고 있는데, 그 애가 전화를 안 받아. 그 애까 지 날 외면해. 그 애까지 날 무시해. 어떡하지? 나 어떡 해…… 내 옆엔 아무도 없어…… 아무 것도 아닌 채 내 인생이 끝나가는데, 내 곁엔 아무도 없어.

수아   너 왜 이렇게 변했니?

대환   젊음이 다 끝나가고 있어. 이렇게 젊음이 다 가버릴 거야. 인생이 그냥 끝나버릴 거야. 나 어떡하니. 무서워 죽겠어. 무서워 죽겠어. 나 무서워 죽겠어.

수아   (울며 바라보는)

대환   내 인생을 이렇게 끝낼 순 없어. 우리 인생을 이렇게 끝낼 수는 없어. 내 젊음을 이렇게 그냥 보낼 수는 없어. 내 꿈을 이렇게 포기할 수는 없어. 이렇게 살 수는 없어. 이렇게 살고 싶지 않아.

수아   …… 너 열심히 살아왔어. 니가 얼마나 열심히 살아왔는데. 내가 잘 알잖아. 니가 얼마나 열심히 살아왔는지…… 내가 알고 있잖아.

대환   난 왜 이렇게 살아온 거지? 왜 이렇게밖에 살아오지 못한 거지? 내 젊음은 다 어디로 간 거야? 바보 같아. 바보 같아. 인생을 이렇게 시시하게 보내다니 바보 같아. 어떡하지, 어떡하지? 제발 좀 도와줘. 제발 날 좀 도와줘. 도와줘…… 도와줘…… 한번 뿐인 인생을 실패자로 살아가고 싶지 않아. 남은 인생 실패자로 살고 싶지 않아. 내 젊음을 이렇게 보내고 싶지 않아.

대환이 운다.

수아가 대환에게 다가가 안아준다.

두 사람, 서로를 끌어안은 채 우는 장면에서 암전.

8장. 인영과 민규

인영과 민규가 욕조 안에 마주 앉아 있다.
인영은 교복을, 민규는 정장차림을 하고
수아가 선물한 와인을 마시고 있다.

인영 선생님, 중국어로 하신 수상소감 너무 멋졌어요.

민규 인영이 수상소감도 만만치 않던데? 훌륭한 작가가 될 거 같더라구.

인영 이번에 새로 나온 책 중국어로 출간된 것도 축하드려요.

민규 고마워.

인영 교수님은 세상의 약자들을 위해 글을 쓰시는 거예요?

민규 아니. 글은 그냥 글이지, 약자를 위해 쓰는 글이 따로 있나. 난 그냥 글을 쓸 뿐이고 사람들은 어떤 식으로든 그 글을 해석할 뿐이야. 그게 다야. 하지만 수상소감에는 그런 얘길 해줘야 책이 좀 팔리거든. 그래야 다음번에 또 상을 받을 수 있는 거고. 세상은 언제나 이슈거리를 원하거든. 그러니까 이슈를 만드는 사람들이 세상을 리드하게 돼 있지.

인영 저도 선생님처럼 되고 싶어요. 세상을 리드하고 움직일 수 있는 힘을 갖고 싶거든요. 그러자면 먼저 선생님처럼 잘 팔리는 책을 쓰고 좋은 평가를 받아야겠죠?

민규 머잖아 그럴 수 있을 것 같은데?

민규가 질문에 답하듯 웃으며 인영의 잔에 와인을 따라준다.
인영이가 와인병을 들고 병에 적힌 글을 읽더니, 깔깔깔 웃는다.

인영 교수님은 세상에서 뭐가 제일 싫으세요?

민규 이런 거 쓰는 사람?

인영 저도 이런 사람 정말 싫어요.

민규 이런 거 쓰는 년놈들은 세상을 참 재미없게 살지. 세상은 참 재밌는데 말야. 인영인 어떻게 살고 싶니?

인영 전 지루한 건 딱 질색이에요. 신나고 재미있게 살 거예요.

민규 그럼 내가 도와줄 수 있겠는데?

인영 어떻게요?

민규 내가 작가잖아, 힘 있는 작가. 세상엔 재미없는 작가들도 많지만 난 그렇지 않거든. 난 너를 대단한 작가로 키워줄 수도 있어. 하지만 네가 작가로 살아갈 수 없게 막을 수도 있어.

인영 그거 참 재밌네요. 저는 선생님을 좋은 작가로 만들어드릴 순 없지만, 교수님으로서, 작가로서, 선생님을 파멸

시킬 수도 있어요.

민규 어떻게?

인영 제가 미성년자니까요.

민규가 인영이한테 졌다는 듯 크게 웃는다. 인영이도 따라 웃는다.
두 사람, 와인잔을 가볍게 부딪치고 한 모금씩 마신다.

인영 이번 상금으로는 뭐하실 거예요? 1억이면 하고 싶은 거
다 할 수 있잖아요.

민규 글쎄…… 남극으로 크루즈나 떠날까? 두바이 최고급 호
텔에 머물면서 다음 작품 구상해보는 것도 괜찮을 거 같
고. 1억이면 두어 달쯤 지낼 수 있겠지.

인영 두바이엔 뭐가 있는데요?

민규 사막이 있지, 바다가 있고. 그리고 사람이 만들어 낼 수
있는 모든 것들이 있어. 요트를 빌려서 바다낚시를 해도
좋고, 경비행기를 타고 하늘을 날아보는 것도 괜찮지. 사
막 한가운데 세워진 리조트에서 하늘에 총을 쏴볼 수도
있어.

인영 총을 쏴서 별을 맞추는 건가요?

민규 그냥 쏘는 거야. 재밌잖아. 그러다 우연히 별을 맞춰서
떨어뜨릴 수 있으면 더 좋고.

인영 아~ 저도 언젠가는 그런 곳에 가볼 수 있겠죠? 쇼핑도
마음껏 하고요. 그런데 1억을 다 써버리면 창작비용이

없잖아요.

민규 아니지. 그게 바로 창작비용이야. 때론 1억을 써야 2억 짜리 작품이 나오거든.

인영 그렇겠죠? 저도 선생님 따라가면 안돼요?

민규 안될 거 없지. 너 이참에 나랑 사귈래?

인영 에이, 요즘 누가 교수랑 사귀어요. 요즘 애들은 교수랑 결혼도 안 해요. 배우자 후보 중에서 교수가 최하위일 걸요.

민규 (웃는다) 그렇지? 그런데 요즘도 그 최하위의 교수가 되려고 목숨 거는 애들이 있어. 참 시시한 애들이지.

인영 세상이 재밌는 곳이란 걸 모르는 사람들이요?

민규 그래. 세상의 재미를 모르고, 자신을 미워하면서 그저 그렇게 사는 애들.

인영 다행이에요. 저는 세상이 점점 더 재미있어지고 있거든요. 하하하.

민규 (와인잔을 들고) 무서운 신예작가의 탄생과 인영이가 앞으로 살아갈 세상을 위해서 건배.

두 사람 건배한다.

인영 (시간을 확인하고) 선생님 오늘 광화문에서 사인회 있다고 하셨잖아요.
기자들도 많이 오겠죠? 첫 사인은 저한테 해주세요.

두 사람, 웃으며 마지막 건배를 한다.

9. 종로의 한 와인 가게

1년 후.

종로의 한 와인가게 안.

정장 차림의 수아와 대환이 진열장에서 와인을 구경하고 있다.

대환 너무 비싼 거 아냐?

수아 아버님 환갑인데 20만 원짜리 선물은 해야지.

대환 술 선물 많이 받으실 텐데 뭐. 꼭 이래야 돼?

수아 제대로 살아 봐야지, 우리. 근데 이거 사들고 가면 취직 시켜 주실까? 요즘 아버님 출판사도 어렵다고 그랬던 거 같은데.

주인 취직시켜 주실 겁니다. 이거 한번 보세요.

수아 이거 이름이 뭐예요?

주인 샤또 꼬스 데스투르넬이에요.

수아 샤또 꼬스…….

주인 데스투르넬.

수아 이거 유명한 와인이에요? 진짜 좋은 와인이 필요한데요.

주인 이게 진짜 유명하고 좋은 와인이에요. 왜 박만수 씨가 4
대강 살리기 첫 삽 뜰 때, 이 와인 땄잖아요. 소설가 이문
열 선생님도 삼국지 천만 부 돌파했을 때 이거 땄고요,
얼마 전에 강용팔 씨가 국무총리로 지명 됐을 때도 이
와인 땄었어요. 비록 일주일만에 내려오긴 했지만……
이게 그런 와인이에요.

대환 강용팔 씨가 국무총리로 지명 됐었어?

수아 너 요즘 뉴스 안 보는구나.

주인 무병언 일가 형제들도 행사 있을 때마다 이거 땄다고 하
더라구요. 숨어 있을 때 이거 생각 많이 났을 거예요.

수아 아아. 아버님한테 선물할 건데, 좋아하시겠죠?

주인 그럼요. 술 좋아하시는 분들이라면 이거 이름 모르는 사
람 없을걸요.

수아 그럼 이걸로 한 병 주세요.

주인 계산은 어떻게 해드릴까요?

수아 일시불로 해주세요.

수아가 지갑에서 카드를 꺼내 주인에게 건네준다.
그때 와인가게 밖으로 호루라기 소리와 군중들의 웅성거리는 소리
가 들린다.

대환 (밖을 보며) 저기 봐. 저기. 차를 못 가게 막기 시작했어. 전
경 하나가 헬멧을 벗었어. 어, 저기.

수아와 주인이 대환의 목소리에 밖을 쳐다본다.

인영 (주인에게) 왜 전경들이 쫙 깔린 거예요?

주인 노란천막 때문에 그래요. 오늘 노란천막에서 유족들이 삭발식을 한대요. 종로부터 광화문까지 도로변이 전부 전경버스예요. 뭐만 한다고 하면 전경들이 쫙 갈려서 교통이 말이 아니에요. 며칠 후엔 저 아래 광장에서 세계에서 가장 슬픈 기네스북 도전이 있다고 그러네요. 그것 때문에 여기가 또 한 바탕 북적북적 댈 것 같아요.

대환 기네스북이요?

주인 4만 개 촛불로 배 모양을 만든다고 하네요.

대환 (수아에게) 우리도 거기 참여할래? 기네스북에 도전해 보자.

수아 그날 아버님 생신이잖아. 정신 좀 차려.

대환 아, 그날이 생신이구나.

민규와 인영이 와인가게 안으로 들어온다.
둘의 모습은 무척 활기차다.

인영 교수님, 아까 하신 얘기 진심이시죠?

민규 그래. 그냥 순수한 도움.

인영 거래가 아니구요?

민규 세상을 거래로만 사니?

인영 그럼 분명히 거래가 아니고 도움이에요. 저한테 뭔가 바

라기 없기에요. 전 저를 순수하게 도와주는 사람하고
는……

인영이 대환과 눈이 마주친다.
민규도 인영의 시선을 따라 보다가 수아와 눈이 마주친다.
인영과 대환, 민규와 수아, 그들 넷이 서로를 보게 된다.
어색하게 서로의 시선을 외면한 채 서 있는 네 사람.

그때 호루라기 소리 들리면서, 바깥쪽 전경버스 위 스피커에서 알
아들을 수 없는 안내방송이 흘러나온다.

대환   저기 봐. 어, 저기. 저기 고등학생들. 한꺼번에 교문에서
　　　　나오니까 뭔가…… 아니다, 아무것도 아냐.

수아   (대환에게) 와인 한 병 더 살까. 우리가 마실 것도 비싼 걸
　　　　로 사자.

대환   ……

수아   샤또 딸보…… 그걸로 한 병 주세요.

주인   어머, 와인 고르는 안목 있으시다.

인영   저희도 같은 걸로 주세요.

대환   다음에.

인영·수아   (동시에) 네? / 응?

수아   그냥 지금 사자.

대환   다음에 사자…… 다음에.

수아　(주인에게) 죄송해요. 다음에 살게요

인영　저희도 다음에 살게요.

민규, 인영 가게를 나간다.
대환은 밖을 응시하고 있다.

10. 편의점

대환과 수아는 편의점에서 삼각김밥 포장지를 뜯고 있다.

대환　(짜증이 나 있다) 저번에도 가르쳐 줬잖아.

수아　됐어. 그냥 먹을래.

대환　잘 봐봐. 1번을 쭉 뜯고, 여기 2번이라고 써져 있잖아.

수아　그냥 줘.

대환　2번 쭉 뜯고. 여기 3번 써져 있잖아.

수아　싫다니까.

대환　여기 봐봐, 포장지가 밥 안에 그냥 있잖아.
　　　이렇게 3번을 당겨서 이렇게 받쳐서 먹어야지.

포장지를 진지하게 뜯고 있는 대환을 보며

수아가 안쓰러운 표정을 짓는다.

대환 자, 먹어.

수아 …… 맛있네.

대환 삼각김밥 맛의 비밀은 이 빨간 끈에 있는 거야.

수아 …….

대환 모르는구나. 이 빨간 끈의 비밀을. 이 빨간 끈의 비밀을 알면 삼각김밥이 왜 맛있는지 알 수 있어.

수아 뭔데, 그 비밀이?

대환 삼각김밥 맛의 비밀은 김과 밥을 분리한 비닐포장과 빨간 끈에 있어. 10년 전에 처음 등장한 삼각김밥은 설명서를 자세히 들여다보아야 먹을 수 있을 정도로 절차가 복잡했거든. 포장을 뜯다가 먹기 싫어지는 거지. 그런데 이 빨간 끈 하나로……. (대환이 운다)

삼각김밥을 먹는 두 사람.

붉은 노을이 대환과 수아의 주위를 감싸 안는다.

수아 돈가스 맛있어?

대환 그저 그래.

수아 싱겁지?

대환 모르겠어.

수아 이거 한 입 먹어. 싱겁지 않게.

대환	(별말 없이 한입 베어 물고는) 맵네.
수아	저기, 저기 봐.
대환	어?
수아	저기.
대환	저기 어디?
수아	뭔가가 지나가네.
대환	어딜 말하는 거야?
수아	아냐.

멍한 침묵.

대환	(뜬금없이) 어디? 어디 말하는 거야?
수아	어. 뭔가 지나가는 것 같아서.
대환	뭐가 지나갔는데?
수아	앗! 가버렸다.
대환	뭐가?
수아	방금 가버렸다. 저기 신호등 건너서.
대환	(신호등 쪽을 유심히 바라본다)

그 둘은 신호등 건너편을 한동안 함께 바라본다.

막.

한국 희곡 명작선 41

청춘, 간다

초판 1쇄 인쇄일   2021년 1월 10일
초판 1쇄 발행일   2021년 1월 20일

지 은 이   최원종
만 든 이   이정옥
만 든 곳   평민사
           서울시 은평구 수색로 340 〈202호〉
           전화 : 02) 375-8571
           팩스 : 02) 375-8573
           http://blog.naver.com/pyung1976
           이메일 pyung1976@naver.com
등록번호   25100-2015-000102호.
ISBN   978-89-7115-739-8   03800
           978-89-7115-663-6 (set)
정   가   7,000원